KB095432

시…… 보니?

선요(璿邀) 시집

좋은땅

목 차

재회 • • • 008
불 닭발 • • • 010
맥주 • • • 011
여행 • • • 013
크리스마스 • • • 016
친구 • • • 018
괜찮아 • • • 020
키다리 아저씨 • • • 021
시간 • • • 023
주문진 • • • 025
알람 • • • 028
갈매기 • • • 030
덜렁이 • • • 032
기억 • • • 033
너를 바래다주면서 • • • 035
사랑이라는 것 • • • 036
네가 좋은 이유 • • • 038
기다림 • • • 040
미녀는 잠꾸러기 • • • 042

곰 인형 • • • 043
안정적인 남자 • • • 044
전화통화 • • • 045
약 • • • 047
책 • • • 048
영화 • • • 050
또 • • • 051
이불 킥 • • • 052
장거리 연애 • • • 053
상사병 • • • 054
된장 • • • 055
나 삐쳤어! • • • 057
그레텔 • • • 059
귤 • • • 061
점퍼 • • • 062
출근길 • • • 064
벚꽃놀이 • • • 066
감바스 • • • 068
스크램블 • • • 070

빈둥빈둥 • • • 072
사진 • • • 074
내 마음에 들어온 그 순간 • • • 076
배우 남궁민 • • • 077
해가 지평선에 떠 있을 때 • • • 078
끝말잇기 • • • 080
면회 • • • 081
아낌없이 주는 나무 • • • 083
마마보이 • • • 085
비전 • • • 086
취향 • • • 087
크나 큰 경사 • • • 089
묘시 • • • 090
시소 • • • 091
소개팅 • • • 093
사주경계 • • • 095
전화 • • • 096
미로 • • • 097
대구 • • • 099

눈물 • • • 100
맛집 • • • 101
서랍 • • • 102
봄 • • • 103
사월의 신부 • • • 105
시집 • • • 107
폐인 • • • 108
카페라떼 • • • 109
Let it be • • • 110
교통체증 • • • 111
연어 • • • 112
외로운 주말 • • • 114
만남 • • • 116
발전소 • • • 118
내비게이션 • • • 121
함께한다는 것 • • • 123

재회

나는 너에게 상처를 주었다

나는 너에게 미안함을 남겼다

오늘이 다시 만나기로 한 날인데

김장을 하고 있는 그 효녀는

오랫동안 기다린 우리의 만남을

저 뒤로 미루는 듯했다

허나 그것은 무지하고 생각 없는

아주 잠깐의 짧은 식견이었다

김장을 하고 있는 그 효녀는

마치 예견이라도 한 듯

그렇게 단둘만의 시간을 허락했다

기특한 효녀여

자애로운 효녀여

세상을 품어 안은 효녀여

불 닭발

배가 아픈데 왜 먹는 거니?

너는 몰라 나의 마음을

매워서 먹고

그리워서 먹고

생각나서 먹고

맛있으니까 먹지

맥주

1번, 맥주를 가득 따라 마신다
2번, 맥주를 반만 따라 마신다

톡 쏘고 시원한 맥주를
속이 훤히 비치는 잔에
또르르르르르

그 마음 가득 담아 가득 담아
빈틈없이 꾸욱꾸욱 눌러 담아
닭다리 한 조각 베어 물고
꿀꺽꿀꺽
벌컥벌컥

가슴까지 뻐엉 뚫리는

시원함을

간절히 바라보며

고소한 닭다리 한 입

마른 침을 꼴깍꼴깍

나는 그저 한없이 바라만 볼 뿐

여행

이불 밖은 위험해!

집밖에 모르던 내가
너를 만나 하루가 멀다 하고
여행을 다닌다

너의 초롱초롱한 눈망울로
너의 예쁜 얼굴로
너의 맑고 고운 목소리로

여행이란 게
이렇게 즐거운 일이란 걸
알게 해 주고

느끼게 해 준

너에게 감사하다

오늘도 나는

네가 평소 가고 싶어 하던 곳으로

너의 꿈나라로

너의 마음속으로

여행을 떠난다

이렇게 여행을 떠나 보니

그간 보지 못했던

아름다운 풍경과

맛깔스러운 음식

평온한 마음

설레는 긴장감까지

그곳은 진짜로 정말이지

내 생애 최고의 여행지였다

그곳에 살고 싶을 정도로

크리스마스

몸져누운 크리스마스에
나를 벌떡 일으켜 세운 너
듣지 않는 감기약보다
만나자는 그 말 한마디가
나에겐 만병통치약이었다

크리스마스를 맞이하여
너에게 줄 선물을 준비했지만
주지 못했다

모두들 용기가 없는
겁쟁이라고 느끼겠지만
나는 용기를 내

선물을 주지 않았다

이렇게 변명을 하고 위안을 삼지

그래도 나중에라도 전달되어

창피했지만 기분만은

하늘을 나는 것 같았다

헤롱헤롱~

친구

친구라는 말

참 좋은 말이지

지음, 관포지교, 수어지교……

말하지 않아도 나를 알아주는

따뜻하고 기대고 싶은 존재

항상 곁에 있어 주고

연락이 끊이지 않고

만나고 싶을 때 만나고

하지만

사랑과 우정 사이에서도

관계를 정리하기에

참으로 편한 말이지

네가 그러고 싶다면

나도 그러고 싶은데

그렇게라도 네 곁에

서 있고 싶은 내가

가슴이 너무 아파

괜찮아

괜찮아?

아주 아주 괜찮아

하고 싶은 말을 억지로 누르며

난 그저 괜찮다고만

정말 괜찮니?

아주 아주 좋아

의아한 표정들에

난 그저 옅은 미소만

키다리 아저씨

드라마에서

영화에서

키다리 아저씨는

항상 끝이 좋지 않다

그녀의 뒤에서 옆에서

일편단심 그녀만을 바라보며

다른 곳을 바라보는 그 눈빛에

가슴이 미어지면서도

나를 생각조차 하지 않는 매정함에

주저앉아 있을지언정

절대 그녀의 불행을 원치 않는

나를 바라봐 주지 않더라도

그녀의 발걸음이

다른 곳을 향하여 내디뎌도

나는 두 눈 꼭 감고

그냥 그곳에 서서

그저 그녀만을 바라볼 뿐

드라마에서

영화에서

키다리 아저씨는

항상 끝이 좋지 않지만

그녀가 행복한 것만으로

그 결말이 그에게는

행복이기를 간절히 바란다

시간

시간의 차원

시간은 허상이다

시간은 그저 공간의 이동

내가 너에게 한 걸음 내딛는

그 공간은 이리도 먼데

내가 너에게서 한 발짝 물러나는

그 공간도 똑같이 먼데

그 시간이라는 허상은 그저

내 마음을 대변하듯

같은 공간에 대해

이리도 달리 다가오는지

너에게 다가가는 그 시간은
참으로 더디게만 가는데
너에게서 멀어져야 하는 그 시간은
왜 이리도 일찍이 찾아오는 걸까

오늘도 그 야속한 시계는 얄밉게도
내 마음을 몰라도 한참을 모른다

주문진

이리 빨리 가게 될 줄이야
상상도 하지 못했다

빨리 가게 될 줄도 몰랐으면서
시간에게 나는
더욱이 빨리 가 주지 않겠니?
주문을 외워 본다

눈이 부신 광명을 바라보며
따스히 미소 짓는 햇살을 바라보며
하아얀 모래사장에 부서지는 파도와
끼룩끼룩 갈매기 소리를 들으며
나는 오늘도 어제도 내일도

입이 찢어지게 미소 짓는다

웃을 때 보조개가 예쁜

눈부시도록 얼굴에서 빛이 나는

설렘 가득한 쿵쾅거림을

손에 땀이 나도록

머리가 쭈뼛 서도록

사랑 가득한 그 순간을

나는 애타는 맘 주문을 외워 보지만

그 맘 알 길 없는 야속함은

그저 순리대로 느긋하게 걸어간다

지구가 태양을 맴도는 지금 이 순간에도

달이 지구를 맴도는 바로 이 순간에도

나는 꽃을 닮은 잠꾸러기를 맴돌며

지금 여기에 머물러 있다

알람

혹시나 일어나지 못할까
나는 너에게 부탁한다

혹시나 늦으면 어쩌나
나는 너에게 부탁한다

그런데
나는 너에게
깨워 달라 부탁을 하고서는
왜 잠을 자지 않는 거니?

잠을 안 자는 거니?
잠을 못 자는 거니?

도대체

어쩌려고 그러는 거니?

하지만 괜찮아

잠이 들지 않아도

꿋꿋이 견딜 이유가 있으니까

갈매기

혼자야?

난 갈매기를 죽이는 비열한 짓을 했어

저기 저 홀로 외로이 서 있는 갈매기

한겨울의 차디찬 바닷바람을 정면으로 맞으며

모래사장에 부딪혀 부서지는 파도에 발을 적시며

저 멀리 수평선을 바라만 보는 갈매기야

고개만 돌리면 너의 친구들이 많은데

너의 님은 아직 오지 않았나 보구나

허황된 날갯짓을 하며 주위를 둘러봐도

다시금 그 자리에 돌아와 파도를 맞는구나

너의 마음을 꼭 알 것만 같아, 괜스레

나는 갈매기를 죽이는 비열한 짓을 했지만

그럼에도 불구하고 너의 마음을 알 것만 같아

덜렁이

실수 같은 거 덜렁이들만 하는 건데
실수 같은 거 잘 하지 않던 나라고 믿었는데

너를 보면
젓가락 떨어뜨리고
물을 엎지르고
혓바닥을 데고
손가락을 찧고
차를 긁어

안 그러고 싶은데
네 앞에만 서면
덜렁이가 되는 이유가 뭘까?

기억

나는 너를 기억한다

첫 만남의 순간도
내일 만날 순간도

너를 기다리는 순간도
너와 헤어지는 순간도
너를 바라보는 순간도
나를 바라보는 눈빛 하나하나까지도

내가 너를 기억한다

나를 잊어버린 그 순간도

여기에 담아

이곳에 담아

나는 너를 기억한다

너를 바래다주면서

고마워, 데려다줘서……

나도 고마워

네가 왜 고마워?

그냥 다 고마워

내가 다 미안해

그거랑 같은 거 아냐?

그게 그냥…… 뭐냐면?

나를 불러 줘서

나에게 연락해 줘서

나를 생각해 줘서……

사랑이라는 것

너를 좋아해

너의 반짝이는 눈

너의 오똑한 코

너의 촉촉한 입술

너의 환하게 미소 짓는 얼굴

너의 따뜻하고 달콤한 향기

내가 되어 버린 너를 사랑해

나의 전부가 되어 버린

네가 아프면 나도 아프고

네가 졸리면 나도 졸리고

네가 힘들면 나도 힘들고

네가 싫으면 나도 싫고

네가 좋으면 나도 좋고

네가 웃으면 나도 웃어

네가 좋은 이유

내가 왜 좋아?

너라서……

그게 뭐야?

진짜 왜 좋아?

너라서……

자꾸 그럴래?

정말 왜 좋아?

이유가 있을 거 아냐?

너라서……

RE: 나도 많이 좋아해♥

기다림

기다린다

설레게 기다린다

애타게 기다린다

미치게 기다린다

기다린다

망부석이 되어 기다린다

춥지 않을까 기다린다

무섭지 않을까 기다린다

기다린다

보고 싶어 기다린다

그리워서 기다린다

사랑해서 기다린다

기다림……

널 생각하는 그 행복한 순간

미녀는 잠꾸러기

미녀는 잠이 많다더라

미녀는 잠꾸러기

잠자는 숲속의 미녀

그냥 전해지는 이야기 정도로만 여겼는데

항상 졸려 하는

너를 보니

이제 보니

학계 정설이었구나

곰 인형

네가 끌어안고 잔다는 그놈

내가 찾아 가서
혼쭐을 내고 싶지만
그놈 덕에 네가 잘 잔다니
내가 백 번 양보할게

곰 인형이 무슨 죄가 있겠니?
곰 인형에게조차
질투를 느끼는
내 마음을 탓할밖에

유치하다 느끼겠지만
지금 내 마음이 그래

안정적인 남자

안정적인 남자가 좋다고 했잖아?

내가 완전 안정적인 것 같아

너의 대한 마음이 꾸준한 것이

내가 봐도 참 안정적이다

전화통화

내가 전화를 받으며

방에 들어 와 방문을 닫으면

뭐가 그리 궁금하신지

불쑥 방문을 열고 들어오시는 아버지

나는 급하게 통화 볼륨을 줄여 보지만

아버지의 그 표정은 잊히지가 않는다

부끄럽게 왜 그러신대?

평소와 다른 말투

바뀌는 목소리, 표정

모든 것이 낯설지만

흐뭇한 그 표정

통화 내용을 들으시려 애를 쓰시지만

죄송해요, 들려 드리기엔 부끄럽네요

약

약 먹기 싫어!!!

몸에 좋은 약이
입에는 쓰다지만
이건 인간적으로
너무 쓴 거 아니니?

나는 이거 안 먹어도 좋아
나에게는 아주 달짝지근한 약이 있어

그건 바로
너의 사랑

책

안녕? 오랜만이다.

내가 그동안 너무 뜸했지?

너에게 고백할 게 있어.

서운하게 들릴진 모르겠지만

사실 난 너 별로 안 좋아했어.

근데 네가 그 아이의 친구니까.

그 아이가 너랑 친구하라니까.

너랑 친해지려고 애쓰고 있거든?

그러니까 내가 애쓰는 만큼

너도 나에게 마음을 열어 줬으면 좋겠어.

너랑도 잘 알아 가고 싶기도 하고……

전에 너랑 얘기를 좀 나눠 보니까

너도 조금은 재밌는 아이더라.

앞으로 자주 만나자.

자주 보면서 얘기도 많이 하고

그러다 보면 서로 재밌는 시간을

보낼 수 있지 않을까?

진심으로 너와 친해졌으면 좋겠다.

잘 부탁해! 친하게 지내자.

영화

극장에서 영화를 본다

너는 나에게 앞을 보라고 하는데
그래서 앞을 보고 있잖아
근데 넌 왜 자꾸 나에게
앞을 보라고 하니?

또

잘 잤또?

밥 먹었또?

버스 탔또?

출근 했또?

점심 먹었또?

뭐 먹었또?

실장님이 안 괴롭혔또?

퇴근했또?

지하철 탔또?

도착했또?

혀 짧은 소리를 내는 내가

정말로 낯선데 싫지 않아또!

이불 킥

남들은 옛 실수에

창피해서 이불을 걷어찬다는데

난 요즘

너무 좋아서 이불을 걷어차

자꾸 차서 미안해, 이불아

장거리 연애

그 사람, 다 좋은데 멀리 살아

그게 왜?

보고 싶으면 보러 가면 되지

요새는 교통이 발달해서 금방 가잖아

내가 그럴 생각을 하니

복장 터지는 소리였구나

벌써부터 걱정인걸

당사자 마음은 당사자만이 알지

상사병

너를 보지 못하는 이 며칠 사이
나는 호흡이 가쁘고 심장이 조여 와
분출하는 아드레날린을 어찌 해야 할지
온몸에 힘이 쫙악 빠지다가도
심박수가 빨라지고 불안한 이 느낌

어서 너를 봐야 마음이 놓일 것만 같아
보고 싶고 보고 싶고 보고 싶어

된장

어릴 적

나는 된장을 싫어했다

꿉꿉하고 쾌쾌한 냄새

짜고 씁쓸한 맛

지금은 싫지 않은 걸 보니

어른이 되어 가는 중인가 보다

삶을 살아가면서

쾌쾌한 냄새와 짠맛에

나는 익어 가고 있나 봐

묵힐수록 맛이 나는 된장처럼

오래도록 알아 갈수록 멋이 나는

너에게 나는

그런 사람이 되고 싶다

나 삐쳤어!

바보야!

나 바보라고?

응

나 고기 구울 거야

치이이이이이

사랑해!

난 아닌데?

고기 굽는다!

치이이이이이

예뻐!

알아

나는?

안 예뻐

치이이이이이

이제 고기 좀 그만 굽자

그레텔

나 살 찌워서 잡아먹으려고?

살이 쪄서 고민이라는데

내가 볼 땐 아직 멀었다

소고기

랍스터

대게

생선회

초밥

샌드위치

딸기

그녀의 행복을 찾아야 해

더 맛있는 음식을 찾아

더 든든한 음식을 찾아

맛있는 음식 먹고

행복해하는 너의 모습이

정말 귀엽고 사랑스럽거든

귤

귤이 먹고 싶다 그래서

귤을 한 상자 가득 사 주려 했는데

내일 못 본다 그러면

귤은 언제 사 가니?

나는 정말이지

일하는 와중에도 귤

밥 먹는 와중에도 귤

운전하는 와중에도 귤

자려고 누운 지금 이 와중에도 귤

내 머릿속은 온통

귤을 까먹으며 미소 짓는 너

점퍼

나를 위해 점퍼를 골라 주고

어깨가 저리도록

팔이 저리도록

그렇게 번 돈으로 나에게

점퍼를 사 주던 너의 얼굴이

눈에 선하다

따뜻하고 값진 선물을 받은

거울을 안 봐도 느껴지는

행복한 나의 얼굴이

눈에 선하다

그런 우리 둘을

흐뭇하게 바라보던

미소 짓던 효녀의 얼굴이

눈에 선하다

출근길

아직은 어둑어둑한 새벽길을

너와 함께 걷고 싶다

한겨울 새벽의 찬바람을

너와 함께 맞이하고 싶다

허기진 속을 든든하게 채울 아침을

너와 함께 먹고 싶다

잠에 취해 “오 분만 더”를 외치는

너와 함께 오 분만 더 자고 싶다

오늘도 출근을 하며 나에게

피곤하다 투정을 부리는 그 모습에

너와 함께 너와 함께하고 싶다

벚꽃놀이

나 있는 곳에

벚꽃놀이 오지 않을래?

무주 구천동에

벚꽃터널이

아주 기가 막히던데

우리 집에서

차로 한 시간이면 도착하는데

너의 재잘재잘 수다 소리 음악 삼아

너의 향긋한 마음 꽃내음 삼아

너의 맑은 숨 봄바람 삼아

그렇게 가다 보면

한 시간은 훌쩍 가 버릴 텐데

혼자 오는 게 부담이라면

너의 사랑을 담아

나의 믿음을 담아

그렇게 나에게 오다 보면

외롭지 않을 거야

나에게 네가 온다면

너에게 줄 선물을 준비해 놓을게

벚꽃놀이

감바스

감바스를 해 준다며

새우도 많이 많이 사고

마늘도 넉넉하게 사고

한 번도 맛보지 못한

감바스를 먹을 생각에

기대에 부풀어 있었지

사 온 재료를 냉장고에 넣고

우선 고기를 먹자!

소고기를 구워 먹고

돼지고기를 구워 먹고

네가 끓인 맛있는 된장찌개에

밥도 비벼 먹고

안 먹어도 배가 부르다는 말

감바스 안 먹어도 배가 부르다

스크램블

아침 뭐 먹지?

고민에 고민을 거듭하다가

귀찮아!

나중에 점심 먹어야겠다

나는 소파와 한 몸이 되어

무료하게 애꿎은 리모컨만 누른다

밥 먹었어?

아직. 뭐 먹을지 모르겠다

스크램블!

달걀을 탁탁 깨서 착착착 풀고

양파를 송송송 썰고

당근을 찹찹찹 자르고

우유를 또륵 따르고

쉐이킷! 쉐이킷!

기름 두른 팬에 몽글몽글

마지막 비법!

나의 사랑을 듬뿍 담으면

맛있는 스크램블 완성!

스크램블을 먹는 건지

사랑을 먹는 건지

아무리 먹어도 질리지 않는 그 맛!

빈둥빈둥

네가 나를 보면

하릴 없이 노는 것 같겠지만

실은 말이야

나는 굉장히 바쁘단다

너의 목소리를 듣고

너의 얼굴을 보고

너의 향기를 맡고

너의 손을 잡고

수천 번

수만 번

너를 마주하러 가는

바쁜 내 맘을

너는 왜 모르니?

바보야!

사진

너의 예쁜 얼굴이

담겨 있는 사진을 봐

너의 넓은 마음이

담겨 있는 사진을 봐

너의 맑은 영혼이

담겨 있는 사진을 봐

나는 너를 보느라

잠이 들지 못하고

긴긴 밤을 지새우는데

너는 그런 나를 두고

엉큼하다 하지

내 마음에 들어온 그 순간

너를 나의 눈에 담으면

너의 향기가 떠올라

너를 만나고 너를 말하고

너를 듣고 너를 맡고

너를 느끼고 너를 그린다

새하얀 티셔츠에 파아란 숏팬츠

머리를 질끈 묶고 안경을 벗어 던진

너의 그 새초롬한 표정이

내 마음에 들어온 그 순간

나는 사랑에 빠졌다

배우 남궁민

나를 보고 배우 남궁민 님을 닮았다는 너
내가 보기엔 하나도 안 닮았는데
거울을 아무리 쳐다봐도 모르겠는데
배우 남궁민 님을 닮았다는 너

배우 남궁민 님을 좋아한다는 너
배우 남궁민 님을 닮았다는 말에
수긍을 하지는 못하겠지만
배우 남궁민 님을 좋아한다는
나를 보고 배우 남궁민 님을 닮았다는 너

그런 거였어?

해가 지평선에 떠 있을 때

군 복무 시절

탄약고 근무를 서던 시절

나는 하나 깨달은 게 있다

근무를 서다 일출을 볼 때

근무를 서다 일몰을 볼 때

해가 빼꼬옴이 고개 드는 그 순간

해가 슬며어시 돌아서는 그 순간

그 순간이 가장 춥다는 것을

그렇게 잠깐

뼛속까지 시린 추위를 지나면

따스한 햇살이 나를 비춘다는 것을

달의 힘을 빌려 나를 바라본다는 것을

끝말잇기

군 복무 시절

행군 중에 선임과

시간 때우기로

끝말잇기를 했다

가보

보경

보경이 뭐야?

그런 게 있습니다

나는 손목을 맞았다

면회

날 부러워하는 전우들아!

근무 잘 서고 있어라!

면회 갔다 오마!

그녀가 면회를 오던 날

나는 시간이 멈추길 바랐다

제대가 늦어지더라도

그 시간이 멈추길 바랐다

삼십 분만 더

십 분만 더

오 분만 더

일 분만 더

지금 생각해 보니

그때 시간이 가길 천만다행이다

지금은 매일 볼 수 있으니까

아낌없이 주는 나무

전에는 몰랐는데

내가 아낌없이 주는 나무였나 봐

친구 녀석이 주책을 떨 때

고개를

절레절레

흔들던 나였는데

뭐든 주고 싶고

뭐든 해 주고 싶고

보듬어 주고 싶고

웃기고 싶고

노래 불러 주고 싶고

내가 주책을 떨고 있다

두근두근

이제야 친구 녀석을 알겠어

마마보이

우리 엄마 말씀이

결혼해서 부인 힘들게 하면

엄마가 내 인생 마무리해 주신대

고백할 게 있어

나……

마마보이야

비전

너에게 나의 비전을
어필을 하자면

너를 생각하고
너를 떠올리고
너를 바라보고
너를 듣는다
앞으로도 변함없이

변한다고 한다면야
너를 더욱 생각하고
너를 더욱 떠올리고
너를 더욱 바라보고
너를 더욱 듣는다는 것!

취향

연어를 좋아하고

매운 걸 좋아하고

영화 보기와

책 읽기를 좋아하고

커피우유를 좋아하고

여행을 좋아하고

진하고 묵직한 걸 좋아하고

여유롭고 천천히 다가오는 걸 좋아하는

잠자기를 좋아하는 잠꾸러기 미녀

음식을 으음~ 맛있게 먹는

행동 하나하나에 애교가 넘쳐나는

그런 취향을 가진 네가

나의 취향이란다

크나 큰 경사

하하하하!

우리 집안에

아주 큰 경사가 났소!

이 아이가 태어난 바로 지금이

우리 집안의 크은 경사이니

이 아이의 이름을

크고 큰 경사라고 부르려 하오!

묘시

새벽 여섯 시 십오 분에 태어난

토끼 같이 귀여운 아가씨는

토끼 같다는 말에 길길이 뛰지만

토끼 같이 길길이 뛰는 그 모습이

어쩜 그리 토끼 같은지

토끼 같다고 해서 미안한데

토끼 같이 귀여운 너란 아가씨

묘한 매력의 소유자

시소

나 혼자 앉아 있던 시소는

나만 혼자 무거워서

그냥 혼자서 고독하게

털썩 주저앉아 있었는데

네가 나를 바라보며

반대편에 올라앉으니

나는 너에게 다가가려

발을 힘껏 굴리고 있어

너를 향하여 나의 묵직함을

슬며시 스르르 보내면

너도 모르는 새

그렇게 너에게 나의 마음을 실어

너의 사랑의 무게에 살포시 보태어

엎치락뒤치락 오르내리며

서로의 마음을 키워 나가지

소개팅

눈치 없는 언니들의

물색없는 동기의

소개팅 주선 소식에

내 맘이 철렁

소개팅을 거절했다며

나를 달래는 너의 말에

내 맘이 두근

내가 손수 눌러 쓴

장편의 손 편지가

신의 한 수였다는 그 말에

안도의 깊은 숨

이렇게 용기를 내기까지

정말 오래 걸렸는데

그렇게 질끈 감았던

내 두 눈이 기특했던 순간

내가 용기를 못 냈다면

나에 대한 매력을 보이지 못했다면

그녀는 그 소개팅 자리에

나가고 있지 않았을까?

나의 용기에 가상함을 느껴

또한 용기를 내어 준

그녀에게 정말 감사하다

사주경계

저기요!!! 번호 좀 주세요!

아주 불량스러운 적이

언제 어디서 들이닥칠지

항상 신경을 곤두세우고

남친 있어요!

일발장전하고

경계를 늦추지 않습니다!

알겠습니까?

전화

전화를 받자 잠결의 목소리
연락을 기다리다 잠이 든
잠꾸러기 미녀 아가씨는
문자라도 남기길 바랐다

전화를 받지 않아서 그랬다는
핑계를 대고 있는 멍청이는
왜 문자라도 남기질 않았을까

그래도 자다 깬 목소리의
섭섭한 미녀 아가씨가
왜 이리도 귀엽고 예쁜지

팔불출

미로

출구가 없는 미로에 빠졌다
나는 실을 두고 간 테세우스

붉은 실이 없다면
절대로 헤어나올 수 없는
그 미로를 향해 나는
실을 내버려둔 채 성큼성큼
앞으로만 나아간다

실이 없이는 절대로
빠져나올 수 없다는 걸 알면서도
나 테세우스는 그 미로를 향하여
이 뜨거운 마음을 내던진다

절대로 빠져나올 수 없는

그 사랑의 미로 속으로

나는 의식의 흐름대로

나의 모든 것을 맡긴다

대구

대구에 가고파
그녀의 선 제안에
온종일 대구 생각만

대구과에 속하는 식용 물고기
입이 커서 대구라고 한다

살이 희고 담백하며
고소하고 크기도 꽤 커서
먹을 수 있는 부위가 상당히 많다
포를 떠서 먹든 매운탕을 끓여 먹든
쫄깃한 육질이 일품이다

이번 명절은 대구전이다

눈물

땡글땡글 눈동자에서 흐르는
자그마한 그 방울은
너의 여리고 여린 마음

자그마한 사연에도 너는
온 마음을 다하여
타인의 마음을 느꼈다

그렇게 따스한 마음을 지닌
너의 방울방울이 모여
삶의 무게 뒤에 있는 미소를 느끼지

맛집

너랑 다니면서 맛집 참 많이 다녀

네가 맛있게 먹던 연어덮밥

네가 맛있게 먹던 야키니쿠

네가 맛있게 먹던 랍스터

네가 맛있게 먹던 녹두빈대떡

네가 맛있게 먹던 대게찜

네가 맛있게 먹던 떡볶이

심지어 사이다도 맛집이 있었지

그냥 네가 맛있게 먹는 곳이라면

그곳이 어디든 대단한 맛집

서랍

이리저리 흩어져 있는 너와의 추억

차곡차곡 한데 모아 정리를 해 봐

이건 마음이라는 서랍에 넣고

요건 기억이라는 서랍에 넣고

저건 음…… 어디에 넣지???

추억이 좋겠다

그렇게 너를 향한 생각을

나의 서랍 속에 정리하다 보면

하루가 눈 깜짝할 새 지나간다

봄

이월의 마지막 월요일

봄이 왔는지

따뜻하고 포근한 날씨

이 달의 마지막 주

그새 추운 겨울이 가고

봄의 온기가 고개를 드는

새로운 출발이 온다

차디찬 추위가 물러가고

따스한 바람이 불어와

스읍 깊은 숨을 들이쉬면

내 속에 가득 찬 찬 기운이

따스하고 포근한 바람을 만나

저 멀리 저 멀리 물러갈 테지

사월의 신부

추운 겨울이 지나고

꽃봉오리가 스르르

얼굴을 드리우면

그곳은 색색의 향기

따스한 너의 입김에

푸르른 초록이 고개를 내밀고

새로운 시작을 예고하면

너는 순백의 선녀 되어

두레박을 타고 내려온다

나는 그런 너를 맞이하며

예고된 시작을 곱씹으며

춘하추동을 함께 걸어갈

당찬 발걸음을 내딛어 본다

시집

네가 빌려준 시집을 읽고
나는 시집을 만들어

너를 떠올리며
너를 추억하며
너를 그려 보며
그렇게 한 글자 한 글자
꾸욱꾸욱 눌러 쓰며
나는 시집을 준비하고

너는 내게 시집을 오렴

폐인

만날 폐인이라면서

너는 거짓말쟁이

이렇게 예쁜 폐인이

세상에 또 있을까?

씻지도 않고 화장도 안 했는데

이렇게 예쁘면서

폐인이라면

다른 사람들은 어찌 살라고……

카페라떼

라떼는 폼이 중요해
매끄럽고 부드러운 크림이
가장 중요한 포인트지

폼이 훌륭한 카페가
정말 실력 있는 커피 집
기본기가 탄탄한 게
커피 맛도 일품

Let it be

순리에 맡겨라
흐르는 강물에 몸을 맡기다 보면
자연스레 넓은 바다로 향할 테니
아등바등 억지로 애쓰지 말아라

음 이탈이 났더라도
모두가 즐거웠다면 그걸로 됐다
모두들 지루한 뜻풀이를 반복할 때
난 그저 이 한 곡의 노래를 불렀다

실수를 할 수는 있지만
결과가 A플러스라면
그 누가 실패라고 하겠는가
모두가 환호하였고 내가 좋았으니

교통체증

한

남자가

동호대교에 다다라

아주 긴 줄에 늘어서 있는

파르르 떨며 정차해 있는

트렁크 꽁무니에 스르르 멈춰 섰다

살며시 깜빡이를 켜고

아련한 눈빛으로 저 멀리 보이는

야경 속 자신의 집을 바라보며

지독한 침묵 속을 견디고 있다

연어

흐르는 강물을 거꾸로 거슬러
오르는 연어들의 마음을
단순한 회귀 본능이라고 결론짓기엔
너무나도 고되고 머나먼 여정이었다

내가 너에게 돌아오기까지
연어의 회귀 본능의 이유를
연구원들은 알아차리지 못하였지만
나는 네가 좋아하는 연어들의
그 간절함을 알 것만 같아

태어나자 마주한 그 따사로운 볕과
졸졸졸 흐르는 상쾌하고 시원한 물 내음

낯선 곳에서 이리저리 치이며 느꼈을

그곳의 그리움을 온몸으로 맞으며

세찬 물살이 가로 막을지언정

연어는 오늘도 온 힘을 다해 뛰어 오른다

외로운 주말

외로움에 사무친 내 가슴이
답답함에 짓이겨진 채
세 뼘 남짓 소파 위에
표류를 하고 있는 중이다

무엇인지 모를 그 무언가에
내 심장이 뻥 뚫려 있는
지금 이 감정과 느낌은
온몸에 스산함을 몰고 왔다

아침에 눈을 뜨고 바라본
너와 내가 함께 찍었던 사진이
꿈은 아닌가 싶었던 건 무엇인가

오늘 안 봐서 삐쳤냐는 그 말이

내 뱃속을 파고드는 이 시간

삐치진 않았는데 혼자 있는 지금

허한 마음이 채워지지가 않는다

만남

그때 네가

나에게 다가온 날

나는 그때가 참 좋았지

너를 바라보고

너를 향해 달리고

너의 목소리를 듣고

너의 향기를 맡았지

이제 네가

나에게 들어온 지금

나는 지금이 참 좋으네

서로 눈을 맞추고

서로 반기며 내달리고

서로의 마음을 살피고

서로의 온기를 느끼지

그때는 너를 만나서 참 좋았고

지금은 너랑 만나서 참 좋으네

발전소

다음 소식입니다.

사랑발전소가 폐쇄 위기에 놓였다는군요.

자세한 이야기 선요 기자가 전해 드립니다.

선요 기자!

폐쇄 위기에 놓인 위태로운 발전소.

연료는 바닥을 드러내었고,

군데군데 쓰러져 가는

발전시설들이 눈에 띕니다.

관계자의 말을 들어 보겠습니다.

발전소장:

시설이 많이 노후화되었지만
그보다도 연료가 바닥이 난 게
가장 큰 원인입니다.

이처럼 발전소가 폐쇄 위기에 놓인 것이
부족한 연료 때문이라는 것이
전문가 대다수의 의견인데요.
하지만 사랑발전소가 폐쇄 위기에서
완전히 벗어날 수 없는 것은 아닙니다.

발전 연료 연구소장:
현재 사랑발전소에
극심한 연료 고갈이 문제가 되고 있는데요,

이를 해결할 수 있는

대체 연료가 발견되었습니다.

기존 연료의 수억 배에 달하는

엄청난 고효율의 에너지 자원으로

보니라는 물질이……

이처럼 보니라는 신재생 에너지가 발견되면서

사랑발전소의 위기가 해결될 것으로 보입니다.

선요 기자였습니다.

내비게이션

내비게이션은 보통 길을 잘 모를 때
초행길에서나 몇 번 가 보지 않은 길
그런 길을 다닐 때 찍고 가는 것

업데이트를 하지 않아 길이 없는 지도와
내비게이션을 찍고 가는 그 길이
나에게는 익숙지 않아 항상 실수투성이
그저 감으로 찾아 가는 그 길 위에서

내가 너에게 가는 길의 여정은
내비게이션이 없는 길이지만
너와 함께 가는 그 길은 말이지

내비게이션 없이 맘이 가자는 대로

너의 손을 잡고서 보무도 당당하게

어깨를 펴고 가슴을 펴고 걸어갈

경치 좋고 풍경이 굉장한 길이다

함께한다는 것

함께한다는 것은 너와 내가 둘이서
같은 곳에 있음을 인지하고 있음을
같은 곳을 혹은 서로를 바라보기도
손을 마주 잡고 눈을 마주치면서
입을 맞추고 입술을 맞추기도 하고
추위에 떠는 서로를 꼭 껴안기도 하고

하지만 무엇보다도 정말 함께 있음이란
서로를 향한 그 온 마음이야말로
정말 함께 있음을 느낄 수 있는
참으로 진실된 함께, 라는 의미가 되리라

시…… 보니?

ⓒ 선요(璿邀), 2019

초판 1쇄 발행 2019년 7월 3일

지은이 선요(璿邀)
펴낸이 이기봉
편집 좋은땅 편집팀
펴낸곳 도서출판 좋은땅
주소 서울 마포구 성지길 25 보광빌딩 2층
전화 02)374-8616~7
팩스 02)374-8614
이메일 gworldbook@naver.com
홈페이지 www.g-world.co.kr

ISBN 979-11-6435-440-5 (03810)

- 가격은 뒤표지에 있습니다.
- 이 책은 저작권법에 의하여 보호를 받는 저작물이므로 무단 전재와 복제를 금합니다.
- 파본은 구입하신 서점에서 교환해 드립니다.

이 도서의 국립중앙도서관 출판예정도서목록(CIP)은 서지정보유통지원시스템 홈페이지(http://seoji.nl.go.kr)와 국가자료공동목록시스템(http://www.nl.go.kr/kolisnet)에서 이용하실 수 있습니다.
(CIP제어번호 : CIP2019025228)